ein **Kato** Buch

# Der Schweinebaum

Maki Sasaki

Es war einmal ein Wolf, der konnte nicht schnell laufen.
Er war sogar langsamer als ein Schwein.

Deshalb hatte er noch nie ein Schwein gefangen.
Immer wieder liefen die Schweine weg.
„Komm doch, Wolf! Hierher Wolf!"
Die Schweine lachten über den Wolf
und streckten ihm ihre Zungen heraus.

„Verflixt! Alle verspotten mich!"
Als der Wolf weinte, kam Dr. Fuchs vorbei und fragte ihn:
„Was ist denn los, Herr Wolf?"
„Herr Doktor, haben Sie nicht zufällig eine Medizin,
die mich schneller laufen lässt? Ich möchte einmal
ein Schwein fangen und mir damit den Bauch vollschlagen!",
bettelte er jämmerlich.
Bisher hatte er immer nur Gemüse und Nüsse gegessen.

Dr. Fuchs nahm den Wolf mit
in sein Labor und sagte:
„Ich habe keine Medizin
die dich schneller laufen lässt,
aber ich gebe dir etwas viel Besseres.
Damit kannst du Schweinebraten
essen, sooooo viel du möchtest."

Dr. Fuchs nahm eine kleine Flasche heraus.
Der Wolf machte große Augen und fragte:
„Was ist denn das?"
„Keine Panik. Diese roten Körner sind
Schweinebaumsamen", sprach Dr. Fuchs ruhig.
Der Wolf war erstaunt und sprach zweifelnd:
„Wie bitte? Schweinebaumsamen?"

„Jawohl. Das ist meine Erfindung.
Legen Sie ein Samenkorn in die Erde und....“
Dr. Fuchs nahm eine große Flasche heraus.
„.... gießen Sie es jeden Morgen mit diesem
Schnellwuchssaft.  Dann wächst schnell
ein Schweinebaum und trägt Schweinefrüchte“,
sprach der Fuchs.

„Ist das wahr? Unglaublich!“,
dachte der Wolf. Gesagt, getan.
Der Wolf legte ein Schweinesamenkorn in die Erde
und begoss es mit dem Schnellwuchssaft.
Und tatsächlich brach noch am selben Tag
ein Keim durch die Erde.
„Es scheint also wahr zu sein,“
freute sich der Wolf.

Der Wolf begoss jeden Tag
das Bäumchen mit
dem Schnellwuchssaft.
Nach einer Woche war der Schweinebaum
zu einem Riesenbaum herangewachsen.
Der hungrige Wolf sah zum Baum hinauf.
„Wann trägt er endlich Früchte?
Ich kann nicht länger warten!"

Als der Wolf am nächsten Morgen
zum Schweinebaum kam, sah er viele
Schweine am Baum hängen.
„Juch hooooo!"
Vor Freude sprang der Wolf in die Luft.

In diesem Moment hörte er
aus der Ferne einen Donner,
der immer näher kam:
DAM, DAM, DAM...
Die Erde bebte.

Heute war Elefantenmarathon!
BAMB, BUMB, BOMB,
liefen die Elefanten,
die Erde bebte und
der Schweinebaum
wackelte hin und her.
PLAMPS, PLUMPS, PLOMPS!
Alle Schweine fielen
vom Baum herunter.

Die Schweine liefen alle den Elefanten hinterher.
Der langsame Wolf konnte sie nicht mehr einholen.

Enttäuscht kam er zurück und sah ein Schwein,
das ohnmächtig am Fuße des Baumes lag.

„Was soll´s. Ein Schwein reicht.
Endlich kann ich einen Schweinebraten essen."
Voller Freude machte er ein Feuer.

Bald kam das Schwein wieder zu sich.
Der Wolf warf sich auf das Schwein,
aber das Schwein kämpfte sich frei.
„Halt still. Strampel nicht so!
Ich beeile mich mit dem Essen.
Bleib schön ruhig."
Doch in diesem Moment ...

... fing sein Schwanz Feuer.
„Au, au, auuuuu!"

Der Wolf sprang in die Luft
und das Schwein lief blitzschnell davon.

„Beim nächsten Mal klappt es aber!",
dachte der Wolf. Er legte wieder ein
Schweinesamenkorn in die Erde
und begoss es mit dem Schnellwuchssaft.

© Holger Kato kunst & verlag, Berlin 2005
Alle Rechte an der deutschsprachigen Ausgabe vorbehalten
Die japanische Originalausgabe erschien bei
EHONKAN Inc. Tokyo, Japan 1989
unter dem Titel „BUTA NO TANE“
Text & Illustrationen © Maki Sasaki 1989
Deutsche Rechte über Japan Foreign-Rights Centre
Aus dem Japanischen von Takako Kato
Lektorat: Cornelia Eichner
Gesetzt aus der Parable-Regular
Druck & Bindung: freiburger graphische betriebe, Freiburg
Printed in Germany

ISBN 3-938572-01-9


Kontakt:
info@kato-verlag.de
www.kato-verlag.de